佳佳的新廚房

文｜陳怡璇　圖｜rabbit44

媽媽、爸爸、外婆和我，我們住在幸福街 8 號 5 樓，
這是媽媽從出生就在這裡生活的房子，
我也是在這裡出生的，
對了，我是佳佳。
在我們家，只要遇到特別的日子，餐桌上一定會有豐盛的料理。

我還記得四年前爸爸生日那天，
我和媽媽一整天都為了晚餐快樂的忙碌著。

淡菜鍋

紅酒燉牛肉

洋蔥湯

火考田螺

火考布蕾

麵包盤

上菜了！

這是我和媽媽一整天的成果，
從一早採買食材、處理食材到烹煮，
都是媽媽和我親手準備的，
媽媽說，親手做料理最能傳遞滿滿的愛。

其實我還只是個小幫手，但是餐桌上的麵包和烤布蕾
因為練習過很多次，今天可是大大成功呢！

充滿料理又開心的一天，
讓我覺得超級滿足，晚上九點一到我就睡著了。

那天深夜，我被地震搖醒了，
一開始我還以為是爸媽來搖我起床，
沒想到睜開眼睛，看到頭上的燈晃啊晃的，我好害怕。
還好爸爸媽媽很快的把我帶到客廳。
爸爸把大門打開，
這時候，廚房和餐廳發出巨響 …….

餐具掉滿一地，
連媽媽最愛的鍋子也掉到地上
「要出去嗎？還是躲在家裡？」外婆有點驚慌失措。
地震沒有持續太久就平靜下來，
「只是地震，不要緊張，應該沒事了。」爸爸安慰我們。
他話一說完我們都聽到消防車的狂嘯……
原來地震時，一樓的沈阿姨正在煮開水，
地震加上忘了關火，
差點讓整棟樓陷入火海。

還好那次地震沒造成什麼可怕的災情。

我還記得隔天媽媽跟我說：「佳佳，我們一起煮飯好嗎？」
我就開心的到廚房，完全忘了地震帶來的擔憂。

媽媽說她小時候也最喜歡和外婆待在廚房裡。
我們家的廚房小小的，
隨著我們一家人嘗試各種中式、西式、韓式、日式、甜點等
等料理，廚房的空間根本就不夠用。

慢慢的，
廚房外的空間和餐桌也成為我們料理食物的一部分。

餐桌旁有第二個冰箱、還放了烘焙最重要的工具烤箱，
還有一個櫃子放烘焙用具和餐具。
小小廚房的料理台也不夠用了，
有時候我們會在餐桌上處理食材。
雖然很擁擠，
但是每當我們聚在一起煮飯、吃飯，
都是超級開心的時候。

外婆是大家心中公認的大廚。
我總覺得外婆輕輕鬆鬆就能端上滿滿一桌的宴席，
直到最近外婆常邀我和她一起到菜市場採買，
我才知道為了煮一大桌菜，外婆有多辛苦。

「上菜市場親自挑選食材我才安心啊！」
外婆很堅持每樣食材都要自己採買，
可是，每次從菜市場回來都好
累好累啊……

在我們家，一個月一次的家族聚會是超級大事。
親戚都會到我們家吃外婆煮的超讚料理，
不過光是把食材搬上 5 樓，
外婆的膝蓋就需要休息一段時間。
外婆是江浙菜大師，食材準備好之後，
才是繁複工作的開始，很高興我可以幫忙了。

傍晚親友們會陸陸續續到來，
該上菜了！

阿姨總說，
為了吃外婆的料理，無論多忙她都會排除萬難。
叔公總是說他幸福多了，因為他就住在幸福街 6 號 3 樓，
只要聞到我們廚房的香味飄出，馬上來報到。

不過，後來他生了一場病，
3 樓到 5 樓，變成很遙遠的距離。

雪菜百頁

東坡肉

蠔油石斑

醃篤鮮

無錫排骨

那次的晚餐有一個難忘的事，
那就是我和爸爸合作，完成了當天的甜點。
在經過Ｎ次的嘗試之後，
我已經可以掌握海綿蛋糕的技巧。
蛋糕上點綴鮮奶油和新鮮草莓，看起來好可口。

叔公吃了讚不絕口
「佳佳啊，你有天份喔！要一直努力好嗎？」
我覺得好開心！

沒想到，那年爸爸的生日和難忘的家族聚會，
會是我們在幸福街 8 號 5 樓的最後一次。

媽媽說，我們的老公寓不是不見，
而是即將改建為新大樓。

爸爸說，
那次地震後，加上幾位逐漸年邁的住戶，
終於願意團結起來，再次討論「都市更新」。
我記得有一段時間常常有鄰居來我們家「開會」，
爸爸總會端上他拿手的牛肉麵，
當牛肉麵的香氣瀰漫在整個家中，
即使大家意見不合也不至於失控。

爸爸也說，
原本堅決反對改建房子的外婆，
經過好幾年的時間才終於接受。

說不定外婆終於下定決心，也跟我有關呢！
我和外婆有一本共同的筆記本，
上頭有我記下的外婆家傳配方。
也有外婆計算的房屋改建坪數，比例等等，
不過大部分我都看不懂。但我記得外婆曾經問過我，
把房子改成有電梯的房子好嗎？
我說：「只要一家人可以聚在一起煮飯、吃飯，就很幸福。」

改建前的搬家真是大工程！
爸爸租了一個在附近的房子，
很幸運的，叔公也租了一個隔壁社區 1 樓的房子，
但要和大多數幾十年的老鄰居和老房子暫時分離幾年，
我們都很捨不得。
但是，也充滿期待。

幸福街 8 號 8 樓的新廚房
正式啟用！

好不容易，
等到今天。

我是佳佳，
我們一家人會繼續在新廚房開心料理。

告訴你更多

　　佳佳一家三代在公寓裡生活、成長，創造滿滿的回憶。但是當房子逐漸老舊，或是因為使用需求改變了，有些人會搬走；有些人會選擇用都市更新的方式讓住屋符合需求，例如整修外觀、加裝電梯或是拆除重建。

　　佳佳住的地方，是有許多住戶住在一起的公寓房屋，一旦需要原地重建或修繕的話，就需要所有住戶充分的討論與溝通，也需要專業人員協助。如果我們從小就能知道這些概念，說不定也能幫忙家人一起思考和討論，讓家永遠是創造回憶的美好所在。

Q 什麼是都市更新？

　　想像一下，有一天你的玩具、書桌壞了，或是房間牆上的油漆剝落、衣櫃的門關不起來，爸爸媽媽可能會把壞的或是老舊已不能使用的東西更新；或是重新粉刷牆壁，讓房間變得更整潔、舒適。

　　佳佳居住的公寓也是一樣，經過許多年使用，又歷經颱風、下雨和地震，房屋逐漸老舊，變得不夠堅固安全和便利，室內空間規劃可能也不符合現在的需求。因此我們可以運用一些方法，讓我們居住的房子更安全，並且把周邊的環境一起變得更好，這就是都市更新。都市更新不只是建築物的修繕或拆除重建，還包含了整個社區，甚至改變城市的樣貌，目的是為了規劃更適合我們居住的環境。

Q 為什麼需要都市更新呢？

早期的房子在建造時，如果結構和防災設施不夠周延，經年累月使用後，漸漸的，房屋不夠安全了，這時可以利用外牆修繕、結構補強，甚至拆掉重建的方式來改善。有時候因為使用的需求，例如爺爺奶奶年紀漸漸大了，爬樓梯很吃力，或是住戶有人受傷，無法爬樓梯，那就可以提前規劃加裝電梯。這些屬於都市更新的方式，都是為了讓我們住得更長久、更舒適。

Q 都市更新有什麼好處？

都市更新中修繕維護的方式，能加強房屋的使用壽命。透過重建的方式，能將危險或老舊的建築物原地重建，新房子還能蓋得更高，增加新房屋的建築面積；重建之後與熟悉的鄰居一起住回熟悉的環境，同時可以一併考量整體社區及周邊的規劃，例如新房屋建築基地退縮，讓出人行道、設計公共空間與綠地，改善原本擁擠的居住環境，讓社區空間更舒適，景觀更美麗。

Q 政府會幫忙都市更新嗎？

房子如果不夠安全，那是攸關許多人的生活品質甚至是生命安全的事，就像故事裡的公寓住戶發起都市更新一樣，所有住戶一起討論，並且付諸行動，比如請專業人士來幫忙，將大家的共同想法轉化成具體的計畫內容。當大家達到共識並提出計畫後，政府就能快速完成都市更新流程，早日達到重建目標。

 認識我的家

　　我們也跟故事裡的佳佳一樣，都居住在一處為我們擋風遮雨，一家人在其中安全生活的房子裡。無論是公寓，還是大樓，你認識你所居住的房子嗎？問問家人，完成以下的調查。

一、我和家人居住的房子位在_____縣市_____鄉鎮／區。

二、房子是屬於（請圈選）

　　　○ 社區大樓　　　○ 公寓　　　○ 透天厝

　　　○ 其他_____

三、我們住家有以下的公共設施（可複選）

　　　○ 電梯　　　○ 安全梯　　　○ 社區花園　　　○ 社區交誼廳

　　　○ 頂樓　　　○ 停車場　　　○ 水塔和機房　　　○ 游泳池或健身房

　　　○ 其他_____

四、如果你住在公寓或是電梯大樓，那麼你一定有鄰居，算一算：

　　　和你家同樓層的鄰居有幾戶？_____戶

　　　和你家同一棟共有幾戶？_____戶

　　　整個社區又有幾戶呢？_____戶

　　　在這些鄰居當中，有沒有你認識的長輩或是同學，請描述一下你對他的

　　　認識。_____

　　　_____

　　　_____

五、和家人討論一下，你的住家或是社區，有什麼不夠安全的地方，可以怎麼改進呢？ _____

_____

_____

_____

_____

在故事裡，佳佳一家人都熱愛料理，廚房和餐桌就是家人互動最重要的空間。你和你的家人，最喜歡的空間又是哪裡呢？請你畫下家裡的空間圖，並且細細的描繪出你們最常互動的地方，和佳佳一起完成這個美麗的繪本吧。

作者／陳怡璇

是個 DNA 裡有著滿滿好奇心和跨界想法
的人，喜歡寫作、閱讀和看劇。畢業於
輔大法律系和台大城鄉所，畢業後從事
雜誌與圖書編寫，尤其在兒童閱讀領域
深耕，深感能陪伴兒童是最快樂幸福的
事。作品曾獲《好書大家讀》優良圖書
推薦。

繪者／rabbit44

國立台灣師範大學美術系畢。曾任職教
育產業與雜誌媒體，現專職平面視覺設
計與插畫工作，畫大人的圖也畫小孩的
圖，喜歡有幽默感生活化的內容，作品
散見於各報章媒體出版社。
rabbit44.format.com/
IG ｜ hi.i.am.rabbit44

繪本屋 017
佳佳的新廚房
小朋友也能認識都市更新與城市發展
作者／陳怡璇
繪者／rabbit44

總 編 輯／陳怡璇
副總編輯／胡儀芬
助理編輯／俞思塵
美術設計／貓起來工作室
行銷企劃／林芳如
出版／小木馬 / 木馬文化事業股份有限公司
發行／遠足文化事業股份有限公司（讀書共和國出版集團）
地址／ 231 新北市新店區民權路 108-4 號 8 樓
電話／ 02-2218-1417
傳真／ 02-8667-1065
Email ／ service@bookrep.com.tw
郵撥帳號／ 19588272 木馬文化事業股份有限公司
客服專線／ 0800-2210-29
法律顧問／華洋法律事務所　蘇文生律師
印刷／呈靖彩藝有限公司
專書支持：新北市政府都市更新處
2024（民 113）年 4 月初版一刷
定價 380 元
I S B N 978-626-97967-6-2
I S B N 978-626-97967-7-9（EPUB）
I S B N 978-626-97967-8-6（PDF）
特別感謝／新北市政府都市更新處

國家圖書館出版品預行編目（CIP）資料

佳佳的新廚房 / 陳怡璇文；rabbit44 圖. -- 初版 . -- 新北市：小木馬，木馬文化事業
股份有限公司出版：遠足文化事業股份有限公司發行, 民 113.04
48 面；19x26 公分
ISBN　978-626-97967-6-2(精裝)

863.599   113003914